아직
연습하는
중이에요

세상이 서툰 이들에게 전하는 고양이 요미의 따뜻한 진심

아직 연습하는 중이에요

야해연 글 · 그림

작가의 말

'당신은 어떤 사람인가요?'라는 질문에 '나는 이런 사람이에요'라고 자신 있게 말할 수 있나요? 대부분 사람들이 자신을 소개하는 말을 하며 머뭇거릴 거예요. 수없이 연습한다 해도 쑥스러운 눈빛은 숨기기 어려울 걸요? 한데 반대로 '저 사람은 어떤 사람인가요?'라는 질문엔 어떤가요? 아마 확신에 찬 눈빛으로 자신이 아는 그 사람의 정보를 꺼내어 놓을 테죠.

왜 평생을 함께한 자신에 대한 소개는 힘들어하면서 타인에 대한 이야기는 확신에 차 있을까요? 사람들은 자기 자신에 대해선 객관적인 생각을 힘들어해요. 그래서 자기 자신이 어떤 사람인지에 대해서 확신이 없나 봐요.

사람들은 때론 자신을 평가하는 잣대를 타인에게 두곤 해요. 타인의 자신에 대한 평가 중 극히 일부 마음에 드는 부분을 자신이라고 과대 포장하기도 하더라구요. 하지만, 그건 단지 자신의 겉모습일 뿐이에요. 자신의 속마음을 타인이 완벽히 알기는 어렵잖아요? 가끔은 자신을 찾는 여행이 필요할 것 같아요.

조금은 느리게 천천히 주변을 돌아보며 정말 소중한 무언가를 찾는 마음의 여행을 떠나요. 자신이 원하는 것이나 자신의 부족한 부분을 바로 볼 수 있다면, 자신의 꿈을 찾는 일도 타인을 객관적으로 바라보는 일도 쉬워질 거예요.

5월의 어느 날

야해연

List

Part 1 자신의 행복 찾기

Part 2 마음 단단하게 다지기

List

Part 3 올바르게 세상 바라보기

Part 4 좋은 사람 되기

‘마음이 큰 사람’

작은 우산 하나 나눠 쓰던 그때로 돌아갈 수 있나요?

몸이 큰 사람 말고 마음이 큰 사람이 되어.

Part 1

자신의 행복 찾기

01 자신의 행복은 자신이 찾아요

작은 일에 만족하며 스스로 행복을 찾아요

현실에 만족하지 못하면 삶은 행복해지지 않아요. 인생이란 오늘을 차곡차곡 쌓아 만드는 거예요. 오늘만 견디면 내일은 좋은 날이 올 것 같지만, 대부분 매일 같은 날이 반복돼요. 물론 미래의 어떤 날도 중요하겠지만, 오늘 행복할 일은 오늘 찾도록 해요. 작은 일에도 만족한다면 매일매일 행복할 수 있어요.

02 느릿느릿 걷기

조금 느리게 걸으면 어때?

언젠가 그곳에 닿게 될 텐데

누구나 자신만의 속도가 있어요. 느리게 꾸준히 걷는 이와 빠르게 걷고 쉬어가는 이, 세상이 정해 놓은 속도로 갈 필요는 없어요. 빠르게 도착하는 것도 좋지만, 느리게 주위를 둘러보며 걷다 보면 더 소중한 것을 발견하게 될지도 몰라요. 그러니 어떠한 일에 속도가 나지 않는다고 좌절할 필요 없어요. 천천히 주위를 둘러보며 소중한 것을 발견하게 된다면 오히려 목적지까지 지치지 않고 갈 수 있는 힘이 될 수도 있으니까요.

03 좋아하는 일 찾기

잘할 수 있는 일도 좋지만

좋아하는 일을 해요

잘할 수 있는 일과 좋아하는 일은 달라요. 사람들에게 꿈을 물으면 자신이 좋아하는 일이 아닌 자신이 잘하는 일에 대한 꿈이 대부분이에요. 지금 당장은 잘하지 못하더라도 자신이 좋아하는 일을 한다면 지금 잘하는 일보다 더 잘할 수 있어요. 자신의 행복을 위해 꿈을 쉽게 포기하지 말아요.

04 잠시만 자신을 기다려줘요

자기 자신을 괴롭히며 상처를 주지 말아요

당장 괴로운 일을 잊기 위해 끊임없이 자신에게 내는 상처는 그 기억이 흐려진 이후에도 가슴에 남아 자신을 아프게 해요. 자신의 마음을 억지로 조정하려 하지 말아요. 잊으려 할수록 점점 더 선명해지는 기억이라면 애써 잊으려 하지 않아도 돼요. 기억이란 건 시간이 지날수록 흐려지지만 잊기 위해 노력하며 생긴 상처는 쉽게 아물지 못할 테니까요. 아픔을 하루 더 기억한다 해도 괜찮아요. 소나기가 올 때는 잠시 몸을 피하면 이내 청명한 하늘과 무지개가 보여요. 잠시만 자신을 기다려줘요.

05 자신의 마음에 솔직해지기

자신의 마음에 솔직해진다면 뭐든지 할 수 있어요

가끔은 자신의 마음의 소리를 들어봐요. 생각과는 다른 목소리를 내는 솔직한 자신의 마음 말이에요. 때로는 타인에게뿐 아니라 자기 자신에게도 마음을 숨기는 경우가 있어요. 그러면서 자신이 겪고 있는 현재 상황을 부정하거나 자신이 꼭 해야 하는 일을 외면하기도 해요. 자신의 마음에 솔직해지지 못한다면 아무것도 이룰 수 없어요. 고민이 되는 일이 있을 땐 잠시 생각을 멈추고 마음의 소리를 들어봐요. 순수하게 세상을 바라본다면 자신이 원하는 걸 잘 알 수 있을 거예요.

06 진정한 친구 찾기

친구는 내 마음을 알아주는 이 한 명이면 충분해요

많은 친구를 사귀고 인기 있는 사람이 되는 것도 좋지만 친구는 마음이 잘 맞는 친구 한 명이면 충분해요. 세상을 살며 내 마음을 알아주는 이가 있다는 건 너무 행복한 일이잖아요? 자신을 잘 이해해주는 친구를 사귀어요. 그리고 자신의 사랑하는 친구에게 가장 좋은 친구가 되어 주세요. 나이나 성별과 상관없이 우리는 누구와도 친구가 될 수 있어요.

07 내 인생의 정답

인생엔 정답이 없어요

정답이라는 건 다른 누군가가 정한 답이에요. 인생은 수학 문제처럼 정답이 없어요. 내 인생에 누가 답을 정해줄 순 없잖아요? 자신이 옳다고 생각하는 방향대로 살다 보면 점점 정답이 보일 거예요. 자신의 정답은 자신이 정해야 해요. 모든 이가 원하는 답은 내 인생에 정답이 아닐 수도 있으니까요.

08 시간 두고 생각하기

오해는 시간이 지나면 이해가 된대요

시간이 지나면 오해했던 상황도 점차 이해로 바뀔 수 있대요. 누군가를 오해하고 있다면 시간을 두고 생각해봐요. 사실 오해를 받고 있는 사람보다 오해 하고 있는 사람이 더 힘든 상황일지 몰라요. 자신 안에 담겨있는 미움은 상대방이 아닌 자기 자신을 괴롭히거든요. 자신의 마음에 미움을 담아두지 마세요. 조금만 생각해보면 세상에 이해하지 못할 일은 없어요.

09 현재에 충실해요

가끔은 마음이 먼저 가 있는 곳에 생각이 함께 가곤 해요. 하지만 저 멀리 있는 곳으로 한 번에 갈 순 없어요. 한 걸음씩 천천히 갈 수 있게 마음을 다스려요. 어떤 일에 대해 너무 기대하지도 낙담하지도 말아요. 지금 자신의 위치에서 한 걸음씩 앞으로 나아가다 보면 어느새 자신의 마음이 머무는 곳에 갈 수 있어요. 저 멀리 있는 허상을 좇지 말아요. 그러다가 낭떠러지에서 떨어질지도 몰라요.

보이지 않는

먼 곳에 있는 것을

좇고 있진 않나요?

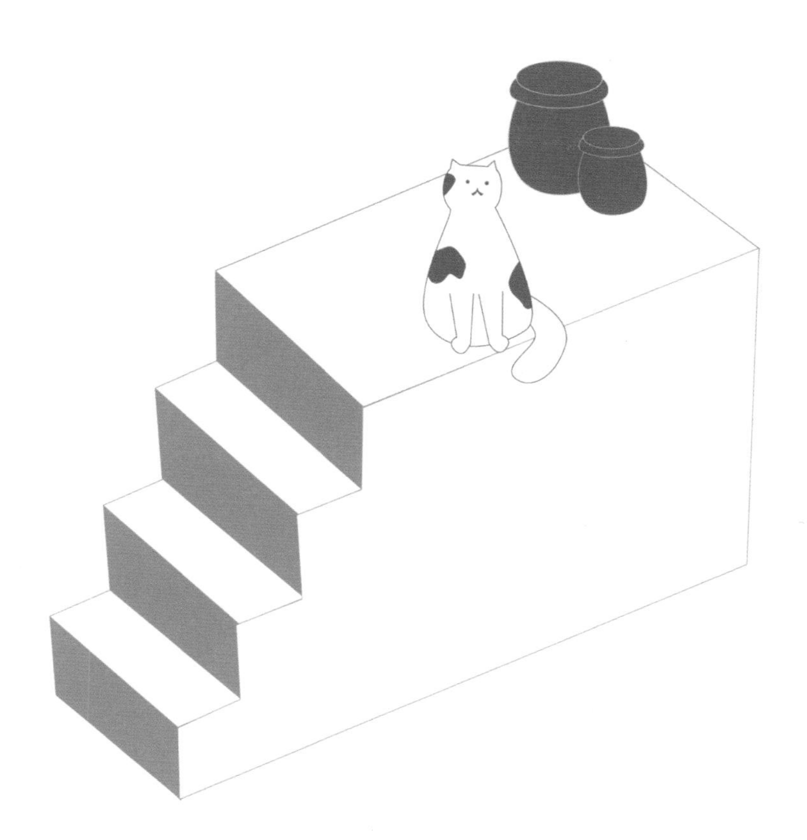

10 시간을 아껴요

작은 시간이라도 허투루 쓰지 말아요

소중한 자신의 시간을 허투루 쓰지 말아요. 무엇을 하기로 마음먹었다면 최선을 다해 그 시간을 보내요. 가끔 드는 권태로운 생각들에 휘둘려 시간을 낭비하지 말아요. 시간은 한 번 지나면 후회한다 해도 그 시간으로 되돌릴 수 없어요. 최선을 다한 후에 맞는 휴식은 자신의 삶에 만족감을 더해 줄 거예요.

11 우리는 현재에 사는 사람들

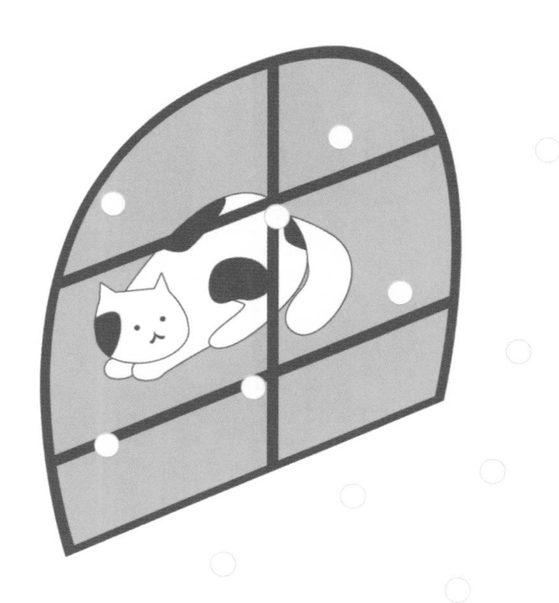

우리는 과거나 미래가 아닌 현재에 살고 있어요

우리는 무엇을 위해 하루하루 치열하게 살고 있나요. 성공하고 싶은 욕구도 사랑하고 싶은 욕구도 결국 행복해지고 싶어서가 아닐까요? 우리는 과거나 미래가 아니라 현재에 살고 있어요.

내 생각을 과거나 미래가 아니라 현재에 머무르도록 해요. 지나간 일에 대한 후회나 미래에 대한 과한 기대는 현재의 삶을 힘들게 할 수도 있어요.

12 어느 날 불행이 찾아왔다면

어느 날 갑자기 찾아온 불행에 당신이 책임질 일은 없다

살다 보면 행복보다는 불행이 내게 더 많이 오는 것 같아요. 사람들의 심리는 안 좋은 것을 부풀리고 더 크게 고민하기 때문이지 불행이 더 많기 때문이 아니에요. 좋았던 기억은 좋지 않은 기억에 묻혀 금세 기억에서 사라지는 경우가 많아요. 불행이 찾아왔다 해도 자신이 책임질 일은 없어요. 계속 불행에 대해 생각하는 건 자신을 괴롭히는 효과적인 방법이에요. 행복에도 불행에도 과도하게 몰입하지 않는다면 어쩌면 내일이라도 금세 잊힐 일일지도 몰라요.

13 당신의 꿈은 어디에 있나요?

당신의 꿈을 너무 낮은 곳에 두지 말아요

당신의 꿈이 지금 당신의 위치보다 더 낮은 곳에 있지 않나요? 좌절과 실패를 많이 한 사람일수록 점점 자기 자신을 위축시킬 수도 있어요. 하지만, 우리는 무한한 가능성이 있어요. 당신의 삶에서 이미 겪은 좌절은 당신의 인생에 훌륭한 밑거름이 될 거예요. 아직 못 이룬 꿈에 조바심을 내거나 자신의 가능성을 외면하지 말아요. 너무 높은 곳에 있는 꿈도 힘들겠지만. 너무 낮은 곳에 있는 꿈도 자신을 힘들게 해요. 적당한 위치의 꿈에 계속 도전하다 보면 어느새 정상에 있는 나를 발견하게 될 거예요.

14 한 번도 시도해 보지 않은 일

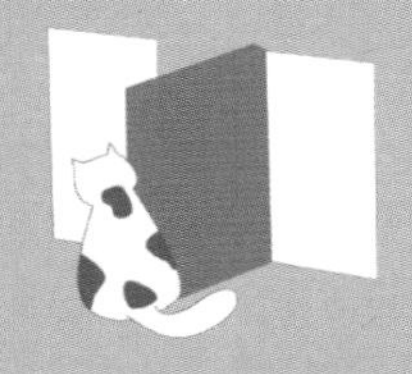

한 번도 시도해 보지 못한 일은 이미 실패했던 일보다 두려움이 크다

매일 새로운 오늘은 인생에 커다란 시련이에요. 누구나 오늘은 처음 맞는 날이기 때문이죠. 하지만 매일 새로운 날이어서 지루하지 않답니다. 실패할까 두려워 시도하지 못한 일은 이미 실패했던 일보다 두려움이 커요. 하지만 자신을 믿어주는 마음이면 도전이 두렵지 않아요. 매일 새로운 오늘, 새로운 도전으로 채워 봐요.

15 마법의 주문

괜찮다 괜찮다 주문을 걸면
정말로 괜찮아질지도 몰라
괜찮다 괜찮다 주문을 걸면
정말로 괜찮은 사람이 될지도 몰라

간혹 삶이 힘겨울 때 괜찮다는 주문을 걸어보면 어때요? 정말로 괜찮아질지도 모르잖아요.

좌절보다는 희망적인 말로 자신의 생각이 더 좋은 방향으로 향하게 주문을 외워 봐요. 긍정적인 마음으로 정말 괜찮은 사람이 되도록 노력해 봐요. 정말로 괜찮은 사람이 될지도 몰라요.

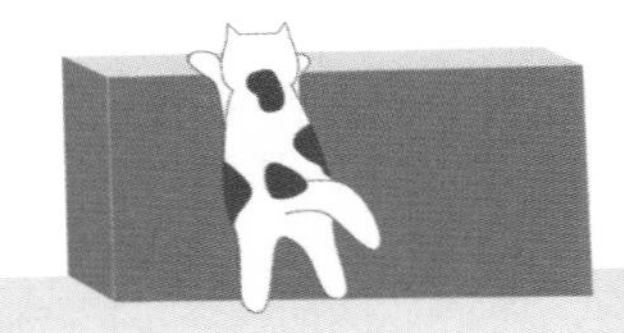

16 한계에 부딪힌다면

한계에 부딪힌다면
한 개씩 해결하면 돼

머릿속이 복잡할 때는 생각을 꺼내어 잘 정리하고 싶어요. 물론 머리가 아닌 마음이 원하는 것에 우선순위를 두어야 해요. 생각이 많아지는 건 울창한 숲속에서 길을 잃는 것과 같아요. 생각의 가지가 하늘을 다 가려버려 방향을 알 수 없을 때 생각의 가지를 쳐낼 도구나 나침반도 없다면 아무 방향으로나 걸음을 옮길 용기가 필요해요. 내 발걸음이 닿는 곳에 낭떠러지가 있다면 다시 뒤를 돌아가면 돼요. 누군가의 도움을 받으려 하염없이 그곳에서 기다리는 것보다 후회하더라도 나아가는 게 더 훌륭한 생각이에요.

17 너무 오랫동안 한 가지 일을 생각하지 말아요

한 가지 일에 너무 몰두하며 다른 일까지 망치지 말아요

오랫동안 생각해도 결론이 나지 않는 일은 더 생각한다 해도 답이 나오지 않을 경우가 많아요. 너무 오랫동안 한 가지 일을 생각하며 다른 일을 할 시간을 빼앗기지 말아요. 고민은 주로 밤에 하게 되어 우리를 불면증에 빠트려요.

우리가 고민하는 대부분의 일은 시간이 지나면 저절로 해결되는 일이 많으니 오늘은 걱정하지 말고 단잠에 빠져 봐요. 그래야 내일은 후회할 일이 줄어들지 않겠어요?

18 뭐든지 잘하려고 하지 말아요

어쩔 수 없는 건
그냥 받아들여요

가끔은 도저히 할 수 없는 일도 있어요. 세상 모든 일을 잘할 수도, 잘할 필요도 없어요. 어쩔 수 없는 일은 그냥 그대로 놔둬요. 그 시간에 다른 잘할 수 있는 일을 찾는다면 내일은 더 나은 삶이 펼쳐질 거예요.

19 절망의 다른 이름은 희망

절망적인 상황이라면
희망적인 일을 생각해봐요

절망의 다른 이름은 희망이래요. 절망적인 일 이후에 찾을 수 있는 희망은 자신을 살게 해주는 버팀목이 될 수 있어요. 절망을 잘 이겨내어 진정한 희망을 찾도록 해봐요. 신은 견딜 수 있는 아픔만 준대요. 조금만 견뎌내면 곧 밝은 세상이 올 거예요.

20 행운은 포기하고 싶은 순간 찾아와요

끝까지 포기하지 않으면

언젠간 행운이 찾아올 거예요

행운은 어느 순간 우연히 찾아오는 게 아니에요. 포기하고 싶어지는 순간 마법처럼 다가오는 행운. 행운은 어느 날 자고 일어나면 일어나는 일이 아니라 끝까지 포기하지 않는 열정 뒤에 선물처럼 주어지는 거예요. 끝까지 포기하지 않는다면 언젠가 행운의 여신이 미소 짓는 날이 올 거예요. 그게 바로 내일일 수도 있어요. 어떤 순간에도 희망을 놓지 말아요.

21 '괜찮니?'라는 질문

'괜찮니?'라는 질문은 이기적이다. 정말 괜찮아 보이는 사람에게는 할 필요가 없는 질문 아닌가. 그럼에도 우리는 무심코 '괜찮니?'라고 묻곤 한다. 질문을 받은 사람은 자신의 상황이 괜찮다며 오히려 걱정해준 상대방을 위로해야만 하는 상황이 생기기도 한다. 정말 괜찮지 않은 게 들통나는 것이 두렵거나, 힘들다고 말하는 순간 철이 없는 사람으로 낙인찍힐지도 모르기 때문이다. 이 얼마나 잔인한가. 가뜩이나 힘든데 타인에게 위로까지 건네야 하는 자신의 모습, 그런 경험이 누구에게나 있을 것이다. 그 일에 관해 이야기하는 것조차 힘들기에 그냥 괜찮다는 말을 쉽게 하는지도 모른다. 그럴 땐 자신의 괜찮아 보이지 않는 상황과 표정이 원망스럽게 느껴질지도 모르겠다.

사람이 많은 곳에서 창피하게 넘어질 때 손 내밀어주는 어떤 이 보다 모른 척 지나가는 사람이 더 고마울 때가 있다. 때로는 정말 괜찮지 않은 어떤 이를 보고도 그냥 지나치는 것이 나을 수 있다. 섣부른 위로보다는 소중한 자신만의 시간이 필요할지도 모르기 때문이다.

Part 2

마음 단단하게 다지기

22 어제와는 다른 오늘 실천하기

오늘과는 다른 내일을 꿈꾼다면
어제와는 다른 오늘을 실천해요

더 나아진 내일을 꿈꾼다면 내일이 아닌 오늘부터 달라져야 해요. 내일은 매일 오고 매일 내일로 미루다 보면 내 삶은 달라지지 않아요. 힘찬 내일을 위해 오늘부터 실천해 봐요. 사랑하는 사람이 있다면 내일이 아닌 오늘 사랑한다 말하면 어떨까요?

23 삶의 방향 스스로 정하기

어느 순간

자신이 고집했던 길이

잘못된 길이라 생각될 때

용기 내어 방향을 바꿔요

사람의 눈은 한 방향을 향해 있어요. 누구나 곧장 앞으로 가기에 적당해요. 뒤돌아볼 수 없는 요즘 시대에 자신보다 빠르게 걷고 있는 어떤 사람을 본다면 마음이 급해져 더 빨리 걷고 싶어지죠. 하지만 나보다 더 앞서 걷는 사람들의 뒷모습만 본다면 그 사람이 행복한지 아닌지 알 수 없잖아요. 자신보다 빨리 가는 사람에게만 초점이 맞춰져 있다면 그 사람들 사이에선 행복을 찾을 수 없어요. 가끔은 뒤돌아보며 자신의 삶의 방향을 스스로 결정해요.

24 작은 일에 욕심 버리기

모두가 조금씩만 손해를 본다면 세상은 아름다워질 거예요

아주 사소한 문제로 욕심을 부리고 있진 않나요? 세상 사람들이 모두 조금만 양보하면 세상이 아름다워질 거예요. 조금 손해 본다고 해도 괜찮아요. 다른 사람의 신뢰를 얻는 것보다 소중한 건 없어요. 자신이 상대방에게 원하는 걸 내가 실천한다면 얼마나 아름다운 세상이 될까요?

25 시간을 내 편으로 만들려면

시간은 노력하는 사람 편이래요

어떤 천재도 노력하는 사람은 이길 수 없대요. 하고 싶은 일을 이루는 힘은 노력이에요. 세상에 어떤 것도 노력 없이 얻는 건 없어요. 노력 없이 얻더라도 그건 자신의 것이 아니에요. 자신이 노력해서 얻어진 것만이 자신을 빛나게 해준다는 걸 잊지 말아요.

26 나 자신 믿어주기

나 자신을 믿어준다는 건
과거의 내가 아니라
미래의 나를 응원해 주는 거예요

걱정과 고민으로 하루하루를 보내고 있는 자기 자신에게 충고 대신 스스로 응원을 해주세요.

과거는 이미 지나간 일, 실수가 없는 사람은 없어요. 앞으로 펼쳐질 미래에는 다 잘될 거라고 믿어주고 토닥여주세요. 자신을 전적으로 믿어주고 사랑해줄 수 있는 건 자기 자신임을 잊지 말아요.

27 이해와 오해

누군가 나를 오해한다면
오해하도록 내버려 둬요

누군가의 오해를 사는 일은 유쾌하지 않은 일이겠지만, 오해를 받고 있다면 그냥 내버려 둬요. 성급하게 오해를 풀려다가 더 큰 오해를 살 수도 있거든요. 오해라는 건 그런 것 같아요. 어떤 일 하나의 문제가 아니라 나에 대한 편견 같은 것일 수도 있거든요. 이미 나에 대한 생각이 자리매김한 어떤 상황에 내가 해결할 수 있는 일은 없어요. 그 상황을 벗어나려는 생각이 변명으로 보일 게 뻔하니까요.

28 인연이 아니라면

인연이 아니라면
과감히 정리하는 것이 최선이에요

인연이 아닌 관계는 과감한 정리가 필요해요. 그동안의 정이나 연민 따위에 연연하다 보면 상황을 바로 보지 못하게 돼요. 인연이라는 건 한쪽에서 일방적으로 맺을 수 없는 것 같아요. 그동안의 세월이 아쉬워 인연을 이어나간다 해도 달라지는 건 없어요. 서로에게 상처만 줄 뿐이거든요. 더 나은 삶을 위해 우리는 가끔 과감해져야 해요.

29 도전하는 삶

새로운 일에 도전하는 건 삶을 풍요롭게 해줘요

무의미한 시간을 보내고 있다고 생각한다면 새로운 도전을 해보는 건 어때요? 새로운 도전은 삶에 활력소가 된답니다. 처음 시작할 땐 두렵지만, 세상에 하지 못할 일은 없어요. 작은 일부터 시작해 봐요. 처음엔 어렵지만, 점점 더 큰 도전을 어렵지 않게 할 수 있게 될 거예요.

30 마음 채우기 마음 비우기

마음의 입구는 호리병을 닮았어요. 잘 채워지던 마음이 비우려고 할 땐 자주 자신에게 상처를 줘요. 자신이 남들보다 더 많은 상처를 받는다고 생각이 된다면 마음의 입구를 조금 더 넓히면 돼요. 그러면 마음을 채우는 것도 비우는 것도 더 쉬워질 거예요.

마음은 채우는 것보다
비우는 것이 더 어렵다

31 자신의 능력만큼만 원해요

자신의 능력보다
더 후한 점수를 받는 건
오히려 독이 된다

누구나 자신의 능력만큼만 원하고 소유해야 해요. 자신의 능력보다 더 후한 점수를 받는다면 그건 오히려 자신의 삶에 독이 될 거예요. 자신의 능력보다 자만한다면 앞으로 더 발전할 수 없어요. 자신을 똑바로 바라보고 꿈을 향해 걸어가요. 자신의 실력보다 더 큰 우연 같은 꿈은 자신을 힘들게 할 뿐이에요.

32 인정받고 싶은 욕구

누구에게 인정받고자 하는 욕구는
자신을 초라하게 해요

누구에게든 인정받는 일은 마음이 설레어요. 특히나 자존감이 낮은 사람들은 인정받고 싶은 욕구가 더 커져요. 하지만 그 일에 집착하게 되면 점점 자신을 사랑하는 일을 잊게 돼요. 자신을 사랑하는 일이 타인의 인정보다 더 자신의 삶을 행복하게 해준답니다.

33 자존심은 무기

자존심이라는 건
자신을 지키는 최후의 무기이며
자신을 망치는 최대의 무기이다

자존심이라는 건 꼭 지켜야 해요. 자신의 자존심뿐만 아니라 타인의 자존심도 꼭 지켜줘야겠죠. 하지만 자존심이라는 무기를 함부로 사용하지 말아요. 너무 많이 사용된다면 자신을 고립시키는 일이 될 수도 있어요. 자존심이라는 무기는 최후에 사용하도록 해요.

34 나이에 맞는 색으로 물들기

자신의 나이에 맞는 색으로
예쁘게 물들어가요

나이에 알맞은 색으로 물들어가는 게 좋아요. 순수하게만 보이는 하얀색은 세상의 모든 빛을 반사한대요. 나이가 들수록 진한 색으로 물들어야 해요. 세상의 어두운 그림자까지 흡수할 수 있는 큰 사람이 되어 주세요.

35 주목받고 싶다면

주목받고 싶다면
큰 소리 대신 실력을 쌓아요

큰 소리로 낸 주목은 오랫동안 사람들의 관심을 받을 수 없어요. 주목받고 싶다면 자신의 실력을 쌓으면 돼요. 작은 강아지는 자신의 두려움만큼 큰 목소리로 자주 짖는대요. 작은 소리로 말해도 사람들이 주목할 수 있는 큰 사람이 되기 위해 노력해요.

36 첫 마음을 기억한다는 건

첫 마음을 기억한다는 건
기적과도 같은 일

사람의 마음은 수시로 변해요. 갈수록 익숙해지는 것과 갈수록 무뎌지는 것 사이에 첫 마음이란 없어요. 첫 마음을 기억한다는 건 기적과도 같은 일이에요. 자신의 첫 마음을 잘 기억해 두고 포기하고 싶을 때 자주 꺼내 봐요. 첫 마음을 기억한다면 우리는 꿈을 포기할 수 없어요.

37 인생이 생각처럼 된다면

인생이 생각처럼 된다면
그 인생 생각만큼 즐겁진 않을걸

인생이 생각처럼 잘 흘러가는 행복한 상상속에 있나요? 상상은 좋지만, 그것이 깨어진 이후에 오는 좌절은 모두 내가 감당해야 할 몫이에요. 어떤 일에 너무 과한 기대를 하지 말아요. 기대감을 조금 낮추면 작은 일을 성취했을 때의 행복감이 더 높아질 거예요.

38 자신이 초라해 보인다면

자신이 가진 것이 작아 보이는 건,
자신이 큰 사람이 되었기 때문이다

우리는 아주 작은 존재이지만 마음만은 세상에서 가장 큰 존재가 될 수 있어요. 가끔은 마음보다 앞선 생각 때문에 자신이 초라한 존재처럼 보이곤 해요. 자신이 가진 것이 작아 보이기 시작한다면 자신의 마음이 더 커졌기 때문일 거예요. 그러니 좌절하지 말아요. 너무 앞선 생각으로 자신을 괴롭히지 말아요. 다 잘될 거예요.

39 선물보다 더 비싼 포장지

선물보다 더 비싼 포장지는 거절할게요

자신이 받은 선물이 내용물보다 비싼 포장지로 싸여있다면 어떨까요? 자신을 자신의 내면보다 화려하게 포장하지 말아요. 자신의 겉모습에 치중하지 말고 내면이 아름다운 사람이 되어 주세요.

40 목표에 대한 이유 정해두기

어떤 일을 시작하기 전에
자신만의 이유를 정해둬요

어떠한 일을 시작하기 전엔 그 일을 해야만 하는 이유를 정해둬요. 목표가 분명한 일은 쉽게 포기할 수 없어요. 늘 한결같은 마음일 순 없지만, 어떤 일을 해야만 하는 분명한 목표 의식이 있다면 잠시 흔들리더라도 다시 제자리로 돌아올 수 있어요.

41 담금질로 쇠 단련시키기

인생에 찾아오는 시련은 나를 단련 시킨다

담금질로 쇠를 단련시켜 단단하게 만드는 건 쇠가 원한 일이 아닐 수도 있어요. 하지만 그로 인해 쇠는 단단해져요. 인생도 그렇지 않나요? 의도치 않은 어떤 시련으로 어린아이가 점점 성숙해지고 아픔을 가진 아이가 또래보다 성숙해 보이는 것. 원치 않는 시련일지라도 잘 견뎌내면 성숙한 어른이 된답니다.

42 하기 싫은 일이 많다는 건

할 수 있는 일보다 하기 싫은 일이 더 많다는 건 행복한 일이에요

하기 싫은 일이 많다는 건 내가 할 수 있는 일이 많다는 것 아닐까요? 하기 싫은 일도 기꺼이 감사하며 해요. 할 수 없어 하지 못하는 것보다 더 감사한 일이니까요. 자신이 하기 싫은 어떤 일은 다른 사람이 하고 싶지만, 할 수 없는 일일지도 몰라요. 주어진 일에 감사하며 살아가요.

43 자신의 결정에 후회하지 않기

생각한 후에 행동하는 건 결정,
행동한 후에 생각하는 건 변명

생각을 오랫동안 한 일도 성급하게 결정지어진 일도 모두 자신의 선택이에요. 이미 엎질러진 물이라면 변명거리를 생각하지 말아요. 결정한 일에 미련도 남기지 말아요. 후회되는 일이 많다면 앞으로는 어떤 일을 신중히 결정하면 돼요. 잘못된 선택일지라도 모두 자신이 책임져야 한답니다. 결정에 후회하지 않을 만한 신중한 생각도 필요하겠죠?

44 후회하는 이유

후회하는 이유는
자기 자신을 용서하지 못하기 때문

자신의 잘못이나 잘못된 행동이 마음에 남아 계속 생각이 나는 건 자신을 용서하지 못하기 때문이에요. 다시 같은 일을 반복하지 않으면 될 텐데 대부분 사람은 후회하면서 반성은 하지 않아요. 후회하지 않으려면 자신의 잘못을 충분히 반성한 후 자신을 용서해주세요.

그러면 한결 마음이 편해질 거예요.

45 사탕은 입에만 달콤해요

달콤한 사탕은 내 몸에 해로울지도 몰라요

입에 발린 달콤한 말은 기분을 좋게 해요. 하지만 그 달콤함은 내 안에서 독이 될 수도 있어요. 때로는 사탕처럼 달콤한 말보다는 쓴소리가 나를 발전시킬 수 있어요. 누군가 나에 대해 비난의 말을 한다면 잘 새겨들어봐요. 당장은 기분이 좋지 않겠지만 결국 도움이 될 거예요.

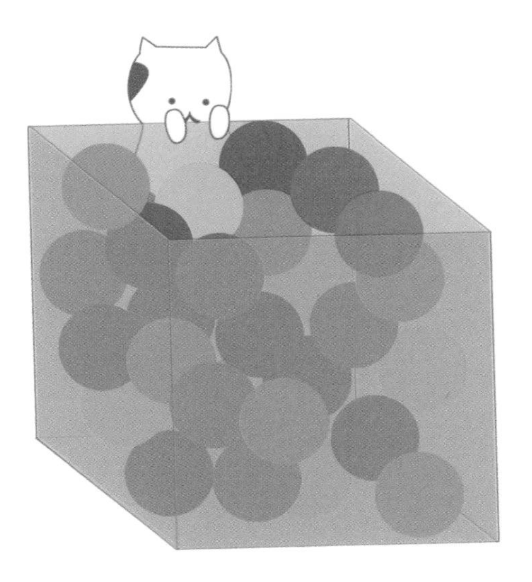

46 미로를 벗어나는 법

출구가 없는 미로는 없어요

미로는 꼭 출구가 있어요. 출구로 나가지 못한다면 입구로 나가면 돼요. 미로의 출구를 찾지 못해 절망스러울 때 긍정적인 생각을 해봐요. 미로의 출구를 찾는 건 큰 모험이지만 나를 성장시키는 밑거름이 될 거예요. 언젠가 미로를 벗어난다면 다시 그리워질지도 모르죠.

47 내 그릇은 너무 작아 널 담을 수 없어

자신의 그릇을 탓하지 말고
더 큰 그릇을 가져와요

사람들은 자신이 가진 그릇보다 훨씬 분에 넘치는 사랑을 받기를 원해요. 자신이 담지 못하는 걸 오히려 다른 사람을 탓하기도 하고 정작 충분한 사랑에도 만족하지 못하고 불만을 표하기도 해요. 다른 이의 마음을 다 담지 못하고 흘려버리지 말고 더 큰 사람이 되도록 노력해요. 그리고 자신이 받은 사랑을 다른 어떤 이에게 나눠줘요. 자신의 사랑을 나누는 게 받는 것보다 더 기쁜 일이라는 걸 알게 될 거예요.

48 난 원래 그래

나는 원래 그런 사람이라고
자신의 삶에 한계를 두지 마세요

난 원래 그래. 원래 그런 사람은 없어요. 자신의 삶에 한계를 두지 마세요. 우리는 무한한 가능성이 있어요. '이건 이렇게, 저건 저렇게'라는 말로 자신을 가두지 마세요. 그런 한계는 자신뿐 아니라 자신의 곁에 있는 이에게도 좋지 않은 영향을 준답니다. 자신의 의지대로 얼마든지 당신의 세상은 바뀔 수 있어요. 좀 더 긍정적인 생각으로 주변에 긍정의 에너지를 나눠주세요.

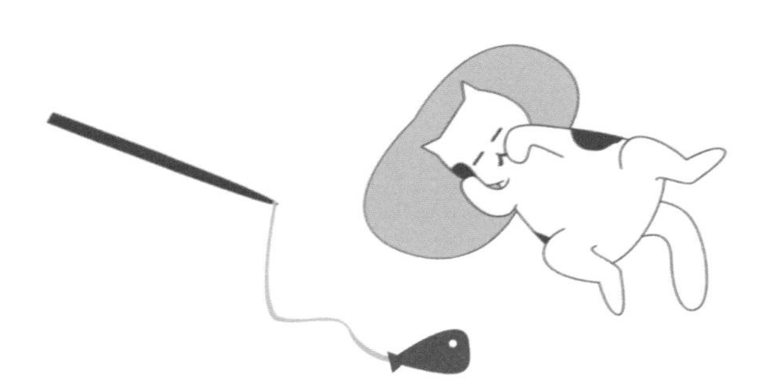

49 일의 순서 정하기

하고 싶은 일보다 하기 싫은 일을 먼저 해요

꼭 해야만 하는 일이라면 하고 싶은 일보다 먼저 해요. 꼭 해야 하는 일을 하고 싶은 일을 하느라 미루게 되면 나중에는 정말 하고 싶은 일은 할 수 없게 될지도 몰라요. 하기 싫은 일을 먼저 하고 나면 그 이후엔 하고 싶은 일을 행복하게 마음껏 할 수 있게 돼요.

50 흉을 부끄러워하지 말아요

흉터는 내 안의 상처가 빠져나간 흔적,
그로 인해 마음이 더 건강해지는 거예요

흉이라는 단어는 때로는 흉물스러워요. 자신의 아픈 상처인데 남들이 보기엔 그저 비웃음거리일 뿐이에요. 자신의 상처를 감출수록 그 흉은 점점 커진답니다. 상처를 드러내고 잘 치료를 한다면 흉은 점점 사라질 거예요. 자신의 흉을 부끄러워하지 말아요. 흉이 없는 사람은 없어요.

51 인생의 길은 내가 만드는 것

늘 꽃길만 걸을 수는 없어요

인생은 외롭고 험난한 여정이에요. 내가 가고 있는 길이 내 인생이에요. 뾰족한 돌멩이들이나 흙탕물이 널브러진 길이라도 잘 헤쳐나가면 돼요. 가끔 돌부리에 걸려 넘어지고 흙탕물에 빠져도 다시 일어나 걷는다면 잘 정돈된 길이 나오고 꽃길도 보일 거예요. 현재의 상황에 빠져 절망하지 말아요. 언젠간 좋은 날이 올 거예요.

52 지나온 시간을 책임을 져야 해요

생각이 미래가 아닌
과거에 머무르기 시작할 때부터는
자신의 행동에 책임을 져야 해요

시간은 누구에게나 공평하게 흘러요. 어릴 때는 시간이 왜 안 가나 생각을 하다가도 어느 순간 내 생각이 과거에 머무르게 돼요. 그때부터는 자신의 행동에 책임을 져야 해요. 과거로 돌아가고 싶다는 건 이미 자신이 어른이라는 거예요. 자신의 지나온 시간에 후회되는 일이 있다면 다시 후회하지 않도록, 더 좋은 사람이 되도록 노력해요.

53 척척박사

척하는 게 어른이라면

그냥 어린이로 살래

어른이 되면서 사람들은 척척박사가 돼요. 괜찮은 척, 잘난 척, 여유로운 척하느라 마음은 점점 더 힘들어져요. 자신의 마음을 위해 가끔은 척척박사가 아니어도 괜찮아요. 가끔은 힘들었던 자신의 마음을 어린아이처럼 달래줘요. 가끔 어린이처럼 사는 게 위로가 될 때도 있어요. 이미 세상살이가 힘든 어른이라도 자신의 마음엔 어린아이를 남겨둬요. 가끔은 어린아이처럼 투정을 부려도 그게 자신을 위로해 준다면 괜찮아요.

54 우연을 믿지 않아요

세상에 어떤 일도
우연히 일어나는 일은 없어요

우연이라는 말은 참으로 달콤해요. 우연히 누군가를 만나 사랑에 빠진다거나 어느 날 우연히 유명해지는 운명적인 내 인생을 꿈꾸었죠. 하지만 세상엔 어떤 일도 우연히 일어나는 일은 없어요. 물은 99도에는 끓지 않아요. 하지만 사람들은 마치 1도의 온도로 물이 끓는 것처럼 쉽게 생각하기도 해요. 겉으로 봐선 자신과 타인의 온도가 몇 도인지 쉽게 가늠할 수 없거든요. 우연을 꿈꾸며 그 시간을 낭비하는 대신 단 한 가지 노력이라도 해봐요. 노력을 하나씩 쌓다 보면 지금 당장은 끓지 않던 물도 어느 순간 끓어오르게 될 거예요. 노력은 우리를 배신하지 않거든요.

55 힘 좀 빼고 살아요

어깨에 힘이 들어가면 힘들어져요

우리 삶의 무게는 왜 어깨에 지고 있나요. 학창시절부터 무거운 가방을 메던 우리의 어깨는 힘든 삶의 무게를 견뎌내고 있어요. 온갖 짐으로 힘들었던 우리의 어깨는 나이가 들어 그 짐을 들지 않아도 될 때 더 힘이 들어가요. 잠시 축 처진 어깨여도 괜찮아요. 괜찮은 척, 여유로운 척하며 힘이 들어간 우리의 어깨를 이제 쉬게 해주세요.

56 색에 대한 느낌

각자의 색은 어떤 의미를 지니고 있을까? 빨간색은 정열적이라든지, 노란색은 귀엽다든지, 초록색은 싱그럽다든지 이런 얘기는 많이 들어봤지만 정말 그 색을 보는 사람들은 모두 특정 색을 그렇게 느끼고 있을까?

색에 대한 느낌은 학습으로 만들어지는지도 모른다. 아주 어린 아이들의 그림에선 3가지 이상의 색을 찾아보기 힘들다. 나무도 집도 모두 한 가지 색으로 칠해도 아이들은 그 그림에 대해 행복하다든지 슬프다, 재미있다든지 하는 느낌을 잘 표현해낸다. 하지만, 어느 순간 알록달록 요란한 색으로 그림을 칠하게 되는데 바로 그림을 배우기 시작하면서부터다. 여름 나뭇잎은 초록빛으로 가을 나뭇잎은 빨간빛으로 그려야 싱그러운 여름 햇살과 쓸쓸한 가을 햇살을 구분해 낼 수 있다고 배웠을 것이다.

여기에 오류가 있다.

초록은 싱그러운 색 빨강은 잘 익은 색.

실제로 색맹 환자들은 초록색과 빨간색을 구별하지 못한다. 색맹 환자들이 보는 초록색과 우리가 보는 초록색은 다르지만, 우리는 어려서부터 초록색은 싱그러운 색이라 배웠다. 색맹 환자들도 우리와는 다른 초록을 보며 싱그러운 색이라 생각하고 있는 걸 보면 색에 대한 느낌은 그 색 자체에 있지 않은 것이다.

사람들은 저마다 다른 색상의 안경을 낀 듯하다. 그 안경은 색상뿐만 아니라 각자 다른 굴곡과 도수까지 포함해 세상을 모두 같은 시각으로 보지 못하게 한다. 그래서 좋은 것은 더 좋게 나쁜 것은 더 나쁘게 본래의 색과는 다르게 판단하게 한다. 색이 진한 것일수록 더 심해지는데 이는 자연스러운 현상일 거다. 모두 자신이 배운 대로 자신만의 기준으로 그 색을 판단하니 말이다.

누구나 자신의 색을 가지고 있다. 그 어떤 색도 좋다 나쁘다 할 수 없다. 그저 다양한 색이 존재하는 것뿐, 다른 이의 다른 안경 따위는 생각할 필요 없다.

그럼에도 생각한다. 나의 색은 어떤지….

Part 3

올바르게 세상 바라보기

57 긍정의 힘을 믿어요

긍정이 있는 곳에 긍정이 있어요

매사에 긍정적일 수는 없지만 긍정적인 생각을 하려고 노력해요. 부정적인 건 그 생각만으로도 사람을 지치게 해요. 지금 하고 있는 어떤 일을 포기하지 않고 해낼 수 있는 용기를 스스로에게 주세요. 긍정의 힘은 대단해요. 누군가에게 칭찬을 들으면 힘이 나잖아요. 가끔은 자기 자신에게 칭찬과 함께 작은 선물을 해줘요. 힘든 일상에 활력소가 될 거예요.

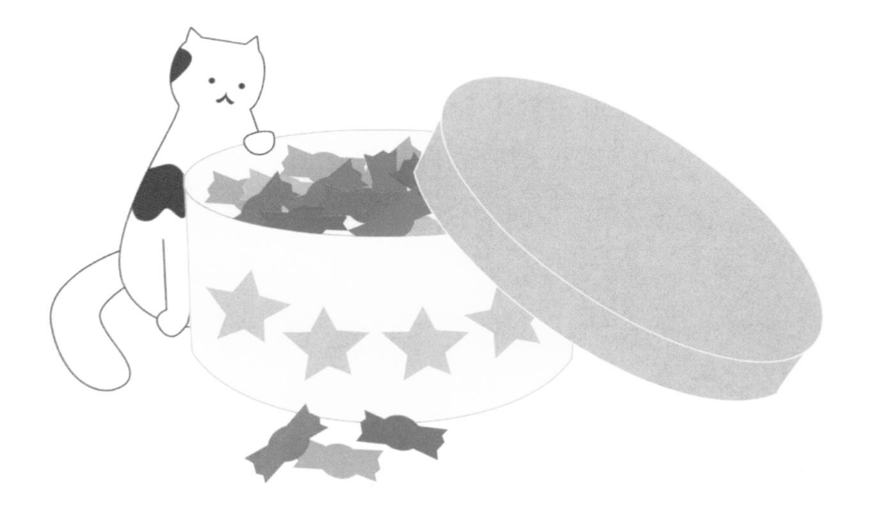

58 세상 누구에게도 배울 점이 있어요

자신보다 어린 사람에게도 배울 점이 있어요

간혹 사람들과 대화를 하다 보면 자신보다 나이가 어린 사람의 의견을 들으려고도 하지 않는 사람이 있어요. 물론 경험은 나이가 들수록 많아지겠지만 자신보다 어린 사람이라도 누구에게든 배울 점이 있어요. 그 사람의 좋지 않은 면이라도 어떤 식으로든 깨달음이 있을 수 있으니 누구에게든 공평하게 대해주세요. 어리다고 상대를 무시하는 태도는 옳지 않아요. 자신의 아이들일지라도 존중하며 의견을 들어주도록 해요.

59 한쪽 눈으로 세상을 바라보지 말아요

불합리한 일에도 절대 눈을 감지 말아요

사람의 눈은 크기가 다르고 생김도 달라요. 하지만 누구나 눈은 두 개예요. 두 눈을 뜨고 봐야 원근감과 균형감각을 가질 수 있어요. 한쪽 눈으로 세상을 바라보면 오해가 생기게 되고 자신이 원하는 대로 바라볼 수밖에 없어요. 세상을 편협하게 바라보지 말아요. 양쪽 눈의 크기가 다르더라도 괜찮아요. 세상을 정확히 객관적으로 바라볼 수는 없겠지만, 양쪽 눈을 크게 뜨고 불합리한 일에도 눈을 감지 않는 용기 있는 사람이 되도록 노력해요.

60 믿음 쌓기

실력을 쌓는 것보다 경력을 쌓는 것보다
더 중요한 건 믿음을 쌓는 것

각자 중요시되는 자신만의 목표가 있어요. 때로는 자신의 목표를 방해하는 누가 나타난다면 그것을 밟고서라도 일어나고 싶어져요. 하지만, 그것보다 더 중요한 건 믿음을 쌓는 일이에요. 신뢰를 저버린다면 내가 쌓은 실력이나 경력은 쓸 수 없게 될지도 몰라요.

61 비교급보다는 최상급으로 말해요

'너는 저 사람보다 낫다'가 아니라
'넌 최고야'라고 말해요

누군가와 비교당하는 것만큼 기분이 별로인 건 없어요. 다른 이에게 하는 칭찬은 비교급이 아닌 최상급으로 해요. 누구나 최고가 될 수 있다고 희망과 용기를 주는 말은 듣는 사람뿐 아니라 말하는 사람에게도 큰 용기를 준답니다. 당신은 최고로 좋은 사람이에요.

62 생각에 꼬리표 달기

자신의 말과 행동뿐 아니라, 생각에도 꼬리표를 달아주세요

생각은 밖으로 들리지 않아요. 그렇다고 계속 나쁜 생각으로 채운다면 그 생각은 곧 말과 행동으로 스며 나오게 돼요. 자신의 말과 행동뿐 아니라, 생각도 아름답게 채워주세요. 아름다운 생각은 곧 얼굴로 나오게 돼요. 얼굴은 마음을 내비치는 마음의 창이니까요. 내면의 아름다움으로 자신의 외면을 아름답게 채워요.

63 생각의 틀 만들기

생각이라는 건
실체가 없어서
점점 부풀어진대요

가끔은 우리의 머릿속에 생각의 틀이 없는 것 같아요. 주로 안 좋은 생각을 할 때 더 그렇게 느껴지곤 해요. 우리는 가끔 아직 일어나지도 않거나 앞으로도 일어나지도 않을 일에 너무 많은 걱정을 하곤 하죠. 그럴 땐 머릿속에 마음속에 나만의 틀을 만들어 둬요. 더는 걱정이 이어지지 않도록 말이에요. 하지만, 그 틀은 모양이 없어야 해요. 모양이 있는 틀이 만들어지면 세상을 자신만의 방식으로 편협하게 바라볼 수도 있으니까요.

64 고정관념을 버려요

고정관념은
변화를 두려워하는
당신의 마음에서 나오는 것

현재의 삶에 만족하는 사람이 있을까요? 우리는 누구나 더 행복한 내일과 더 나은 삶을 꿈꿔요. 더 나은 삶을 꿈꾼다면 지금과는 다른 방식으로의 변화가 필요해요. 하지만 현재의 삶이 만족스럽지 않아도 우리는 변화를 두려워해요. 변화를 두려워하는 마음은 현실의 안정된 고정관념에 의지하게 해요. 안정된 삶에 시련이 오는 것이 두렵지만, 변화하지 않으면 더 발전할 수 없어요. 현실에 안주하지 말고 새로운 일을 즐겨 봐요. 고정관념을 버리면 새로운 세상이 보일지도 몰라요.

65 마음속의 프리즘

누구나의 마음속엔 프리즘이 있다

세상을 있는 그대로 받아들이는 건 힘든 일일지도 몰라요. 누구나의 마음속엔 자신만의 프리즘이 있거든요. 그 프리즘은 자신이 유리한 방향으로 기억을 왜곡시켜요. 같은 날 같은 경험이지만 서로 다른 기억이라면 서로 다른 마음속 프리즘 때문이에요. 내 기억이 늘 맞을 거라고 단정 지을 수는 없어요. 가끔 왜곡된 기억으로 내 기억이 틀릴 수도 있으니 너무 다른 이를 비난하지 말아요. 상대도 아마 나와 같은 기분 일 거예요. 자신의 의견이 틀린 걸 알더라도 이를 인정하기는 쉽지 않아요. 자신이 가끔은 틀렸다고 인정할 용기도 필요해요.

66 눈의 대화

당신의 언어가
당신의 마음을
다 담지 못한다면

우리는 우주보다 큰 자신의 마음을 겨우 지구에서 찾아야 해요. 우리는 겨우 지구의 말을 배웠을 뿐이니까요. 당신의 언어가 당신의 마음을 다 담지 못한다면 잠시 눈으로 대화하세요. 우리의 눈빛은 세상을 다 담을 수 있어요. 소중한 사람들일수록 더 많은 대화가 필요하겠죠.

67 애쓰지 않아도 될 관계란

애쓰지 않아도 될 관계란
완벽한 사랑이거나
완벽한 타인이거나

세상에 애쓰지 않아도 될 관계가 있을까요? 우리는 함께 어울려 살기 위해 자신과 타인과의 관계를 잘 정리해야 해요. 친구나 지인 혹은 가족이라 해도 완벽한 관계란 있을 수 없어요. 너무 멀어지지도 않게 너무 가까워지지도 않게 그런 관계를 잘 유지하는 것이 타인과 함께 어울리며 좋은 관계를 맺고 살아가기 가장 좋은 것 아닐까요? 자신을 다 내어줄 필요는 없지만 적당히 애쓰며 살아가자구요.

68 사랑과 관심은 알맞게

때로는 공평하게
때로는 치우치게
사랑을 잘 나눠줘요

세상 모든 사람을 공평하게 사랑할 순 없어요. 세상 모든 이를 사랑하는 건 신뿐일걸요. 하지만, 편견이나 편애는 나쁜 일이에요. 자신이 해야 할 일이나 사랑이 꼭 필요한 곳엔 사랑을 나누어요. 한쪽으로 치우치는 건 마음에게만 허락해줘요. 가끔 밖으로 나오고 싶어 하는 그 마음은 자신이 잘 달래줘요.

69 마음의 창

다른 사람의 마음을
읽을 수 있는
마음의 창,
당신은 있나요?

사람들은 대부분 다른 사람의 상황을 자신의 입장에서 생각하고 판단해요. 사람들은 타인에게 많은 것을 원하지 않아요. 좌절했을 때는 따뜻한 위로와 공감, 축하할 일이 있을 때는 진심 어린 축하면 돼요. 상대가 원하는 것을 진심으로 들여다볼 마음의 창을 만들려 노력해 봐요.

70 소중한 것이라도 내 안에 가두지 말아요

바람을 따라 흘러가는 구름을
붙잡아 세우면
그것은 더이상 구름이 아니다

바람은 한곳에 오래 머무르지 않아요. 한곳에 머무른다면 그건 이미 바람이 아닐걸요. 자신에게 소중한 어떤 일도 오래 내 곁에 머무를 수 없어요. 시원한 바람을 계속 느끼고 싶다면 내가 머무르는 곳에 바람을 가두지 말아야 해요. 세상이 변하는 건 자연스러운 현상이에요. 자신이 발맞추어 조금 변한다면 함께 성장할 수 있답니다.

71 생각을 담는 그릇

생각을 담는
각자의 그릇에 따라
모양이 달라져요

사람들은 거의 비슷한 생각을 가지고 있어요. 하지만 그 생각을 담는 그릇에 따라 둥글어지기도 뾰족한 모양으로도 변하기도 해요. 자신의 생각을 담는 틀을 다듬어서 예쁜 그릇을 만들어 다른 사람에게 상처를 주는 일을 하지 않도록 해요. 자신이 마음대로 담은 뾰족한 생각은 타인이 아니라 자신을 공격하기도 한답니다. 자신이 상처받는 건 상대방이 아니라 자신의 제멋대로인 마음 탓일 경우가 많아요. 아름다운 생각으로 아름다운 삶을 만들어가요.

72 무심히 나온 말

무심히 나온 말은
머리가 아니라
심장에서 나온 말이다

무심하게 툭 던지는 말 한마디는 마음에서 나오는 것일지도 몰라요. 머리가 아니라 심장에서 나오는 말이요. 어떤 사람과의 관계가 어렵다면 자신의 마음에서 무심히 나오는 소리를 들어봐요. 자신의 솔직한 마음을 전한다면 관계가 좋아질 수도 있잖아요.

73 인간관계에 함부로 마침표를 찍지 말아요

사람과의 관계에서 힘들 땐
마침표 대신 쉼표를 찍어요

자신에게 상처만 주는 어떤 사람이라도 그 관계에 함부로 마침표를 찍지 말아요. 다시는 보지 않을 사람도 있겠지만 어느 순간 다시 만나게 될지도 몰라요. 모든 사람이 자신과 같은 마음인 사람이면 좋겠지만 그럴 순 없잖아요. 다음에 만나도 반갑게 인사할 수 있을 만한 여지는 남겨두어요.

74 자신에게도 타인에게도 같은 잣대를 사용해요

타인에 대한 기대감은 낮추고
자신에 대한 기대감을 높여요

대부분 사람들은 자신의 잘못엔 변명거리부터 생각하지만, 타인에게는 사실만을 요구해요. 내가 아닌 다른 사람들도 대부분 그렇기에 다툼이 일어난답니다. 자신이 정해 놓은 기준은 자신과 타인에게 똑같이 적용해야 해요. 사람들 모두가 같은 잣대를 사용한다면 남들과 다툼도 줄어들고 자신의 삶도 편안해질 거예요.

75 원인과 결과

노력의 결과가 늘 성공이 될 순 없지만,
성공의 원인에 노력이 빠질 수 없다

인생이란 마음대로 되지 않아요. 내 노력이 충분했을지라도 성공으로 가는 길은 멀고 험난하죠. 하지만, 성공한 사람에게서 노력을 뺄 순 없어요. 지금 당장 힘들고 외로울지라도 자신이 정한 목표는 꼭 지키도록 해요. 그러다 보면 성공의 길이 보일 거예요.

76 존경과 시기는 한 끗 차이래요

자신이 도저히 할 수 없을 것 같은 일을
이뤄낸 사람에게 느끼는 감정은 존경
자신이 조금만 노력하면 할 수 있을 것 같은 일을
해낸 사람에게 느끼는 감정은 시기

존경과 시기는 한 끗 차이래요. 둘을 나누는 기준은 자신의 마음이에요. 자신이 할 수 없을 것 같은 일을 해낸 사람에겐 존경의 마음을 가지지만, 자신이 조금만 노력하면 할 수 있을 것 같은 일을 해낸 사람에겐 질투의 마음이 들죠. 하지만, 정말 존경해야 할 사람은 누구나 할 수 있지만 하지 않은 일을 해낸 사람이 아닐까요? 실천하는 건 생각하는 것보다 더 많은 용기가 필요한 일이니까요.

77 이상적인 타인과의 관계

다른 이에게 거는 과한 기대는
달이 스스로 빛을 내길 바라는 것과 같다
가장 이상적인 타인과의 관계는
그 존재 자체에 의미를 두는 것이다

타인에게 너무 많은 것을 바라지 말아요. 사랑하는 사람일지라도 내가 아닌 사람은 내가 될 수 없어요. 너무 많은 기대는 큰 실망을 줄 뿐이에요. 우리는 다른 사람이고 다른 환경에서 살아왔어요. 함께한 세월이 길지라도 각자 느끼는 감정은 달라요. 타인에게 적당한 관심을 보여주세요. 그것이 좋은 관계를 유지하는 좋은 방법이에요. 사랑하는 사람은 그 존재만으로도 빛이 나니까요. 자신부터 변화하는 것이 중요해요. 자신도 상대방과 마찬가지로 자신의 존재만으로도 누군가에게 의미 있는 존재가 되는 일이니까요.

78 자신의 마음 변화 인정하기

이해할 수 없는 게 아니라
이해하고 싶지 않을 때
관계는 끝이 난다

이해라는 건 그런 것 같아요. 어떤 상황에 체념하듯 자신의 의지대로 관계를 결정짓는 것. 이해한다는 건 믿음이 있는 상황이에요. 이해할 수 없는 게 아니라 이해하고 싶지 않다면 이미 관계는 회복될 수 없어요. 이제 더는 궁금하지 않거든요. 관계를 억지로 지속할 필요는 없어요. 서로의 마음에 상처만 주는 일이거든요.

79 자신의 감정에 솔직한 사람 되기

늘 웃고 있는 사람을
당신의 절친으로 삼지 마세요

자신의 감정을 숨기고 늘 웃고 있는 건 상대를 불편하게 해요. 친구도 마찬가지예요. 늘 한결같이 웃으며 자신의 감정을 숨기는 사람을 친구로 삼지 말아요. 감정을 쌓아두면 언젠가는 돌이킬 수 없는 사이가 될 수 있으니까요. 가끔은 상대방이 불편하더라도 진실을 말해줘요. 오히려 더 믿음직한 사람으로 생각될 수도 있어요.

80 단순하게 살아요

많은 설명이 필요한 일에
내 시간을 투자하지 마세요

많은 설명으로 그 이유를 설명해야만 이해가 가능한 일들이 있어요. 그런 일들에 내 시간을 많이 투자하지 말아요. 많은 의문을 남기는 일을 하는 건 나 자신에게도 좋은 일이 아니에요. 그래도 하고 싶은 일이라면 빠르게 결정하고 그 선택에 후회하지 말아요. 매번 옳은 결정을 할 수는 없다는 걸 인정할 용기도 필요해요.

81 원칙주의자라고

원칙주의자가 되려면
자신이 지킬 규칙만 정해요

타인에게 자신이 정한 원칙을 강요하지 말아요. 자신이 지킬 수 있는 것만 정하고 자신이 스스로 지켜야 해요. 타인도 자신만의 원칙이 있어요. 상대방에게 내가 정해주는 규칙은 내가 옳다는 전제가 있어서 더 나빠요. 나도 내 규칙이 중요하듯 상대방도 자신의 규칙이 중요해요.

82 "왜?"라고 질문하면 어때요?

우리는 "왜"라는 질문에 인색해서 쉽게 오해에 빠지게 된다

언제부터인가 "왜?"라는 질문은 아이들만의 전유물이 되었을까요? "왜?"라는 질문은 가끔 상대방을 곤혹스럽게 하며 좋지 않은 감정을 남기기 때문이겠죠. 한참을 망설여도 "왜?"라는 말은 쉽게 나오지 않아요. 그래서 사람들은 상대방에 대해 쉽게 오해에 빠져들고 잠 못 드는 밤도 길어져요. 어쩌면, 아무것도 아닌 일에 오해가 깊어질 수 있으니 용기 내어 질문을 해보면 어때요? 의외로 아무 일도 아닌 일일 수도 있어요.

83 지는 꽃이 아름답다

꽃은 지기 위해 피어
그래야 열매를 맺을 수 있으니까
그러니 함부로 꽃을 꺾지 마
스스로 질 때까지 기다려줘

꽃은 지기 시작할 때 가장 아름답다고 해요. 겉모습뿐 아니라 지고 있을 때 향기로운 내음을 풍긴다고 해요. 이제 열매를 맺기 위해 노력하는 꽃을 아름다운 향기가 나기도 전에 꺾지 말아 주세요. 그래야 또 예쁜 꽃과 함께 아름다운 향기를 낼 수 있으니까요.

84 자신만의 기준

나는 신발을 좋아한다. 잘 닦인 구두, 새하얀 운동화나 멋진 부츠 같은 그런 고급스러운 신발뿐 아니라 여러 모양의 각기 다른 디자인들의 신발들은 나를 사로잡는다. 같은 신발이더라도 신는 사람에 따라 발의 모양에 따라 달리 보이는 신발들은 나의 흥미를 끌기에 충분하다. 어느 순간 나는 사람의 첫인상을 볼 때 신발부터 보는 버릇이 생겼다.

사람들은 제각각 자신이 중요시하는 첫인상의 포인트가 다르다. 어떤 이는 환히 웃는 얼굴을 볼 것이고, 잘 정돈된 머리 스타일이나 혹은 눈빛을 보는 사람들도 있을 것이다. 하지만 이는 타고난 것일 수도 있고 조금만 신경 쓴다면 달라 보이는 것이지, 그 사람의 전부라고 할 수 없다.

우리가 쉽게 보고 판단할 수 있는 그런 상황들은 우리의 마음을 오해에 빠져들게 하며 선입견을 품게 한다. 간혹 신발을 가장 먼저 보는 내가 처음 만난 어떤 이의 하얀 운동화에 얼룩진 흙탕물 자국을 보게 된다면 그 사람이 조금 전 흙탕

물을 지나는 차에게 피해를 입었는지 아닌지는 상관없이 인상이 찌푸려지게 될 것이다. 그 사람이 그럼에도 웃었는지 아니면 화를 내며 욕을 했는지는 이미 내 안중에 없다. 다만 첫 만남의 인상은 그렇게 자리매김하며 안 좋은 인상을 남길 뿐이다.

그럼에도 나는 나의 매우 객관적인 기준으로 상대를 평가한다며 떠들어댈 것이 분명하지 않은가? 아니, 첫 만남에 흙탕물이 튄 운동화를 신고 왔다면서 말이다.

하지만, 매우 객관적이라며 자랑스럽게 떠드는 사람이라도 그 객관이라는 것은 자신의 주관적인 마음 안에 존재하는 것 뿐이다.

Part 4

좋은 사람 되기

85 말을 아껴요

누군가를 아낀다면 말을 아껴요

당신의 말은 힘이 있어요. 당신의 말 한마디에 누군가는 행복해지고, 누군가는 슬퍼질지도 몰라요. 세상은 궁금한 것 투성이지만, 말을 아껴요. 당신의 말이 상대방에게 행복을 줄 수 없다면 조금 더 생각해보고 말해도 늦지 않아요. 우리의 말은 우리의 생각을 다 담을 수 없으니까요.

86 정말 소중한 것은 곁에 있을 땐 알지 못해요

태양이 막 지고 난 후가
새벽에 눈을 떴을 때보다
더 컴컴하게 느껴지는 것처럼
이미 익숙해진 것에
고마움을 느끼는 시간은
매우 짧다

늘 환히 빛날 것 같던 태양이 지기 시작하면 그 시간은 매우 짧아요. 늘 곁에 있어 소중한 줄도 몰랐던 태양이 지기 시작하면 한밤중에 느끼게 될 어두움보다 더 큰 두려움이 생기게 돼요. 이미 익숙해져 버린 시간 후에 사라져버린 것에 후회라는 감정도 느끼지 못하고 공허함만 남게 될지도 몰라요. 정말 소중한 것이라면 곁에 있을 때 잘 지켜줘요.

87 다른 이의 말 귀 기울여 듣기

자신의 말을 하기 전에
다른 사람의 말을 귀 기울여 들어요

내가 하고픈 말을 하기 전에 다른 사람이 말하는 걸 먼저 들어줘요. 사람들은 대부분 자신의 생각을 말하기 전엔 다른 사람의 이야기를 귀 기울여 듣지 않아요. 꼭 하고픈 말은 다른 이의 이야기가 끝난 후에 하는 게 더 효과적이에요. 그래야 자신의 의견을 더 효과적으로 전달할 수 있어요.

88 누군가에게 가장 좋은 사람 되어 주기

좋은 사람을 만나는 것보다
더 축복받은 일은
내가 누군가에게
가장 좋은 사람이라는 것

좋은 사람을 만나려고 하지 말고 누군가에게 좋은 사람이 되어 주세요. 자신이 누군가에게 좋은 사람, 필요한 사람이 될 때 좋은 사람을 만나는 것보다 더 큰 행복이 찾아올 거예요. 좋은 사람 곁엔 늘 좋은 사람이 함께하니까요.

89 자신과 다른 상대방을 이해하기

상대를 이해한다는 건

너와 나 다름을 인정하는 것

인생은 시험이 아니에요. 인생에서 맞고 틀리는 건 없어요. 자신과 타인의 다른 상황을 이해해요. 자신과 다른 상대의 마음을 나와 맞출 필요도 없어요. 자신과는 다른 어떤 이를 이해하는 일은 인생의 가장 큰 숙제에요. 자신과 완벽히 잘 맞는 사람은 없으니까요. 서로의 다름을 인정하고 받아들인다면 오히려 자신의 마음이 편해질 거예요.

90 가까운 곳에 있는 것 소중히 여기기

길가에 핀 작은 꽃 한 송이가
자신이 가진 꽃다발보다
더 가치가 있어요

'등잔 밑이 어둡다'라는 속담은 그냥 생겨난 말이 아니에요. 가끔은 자신이 가지고 있는 꽃보다 저 멀리에 핀 이름 모를 풀꽃이 예뻐 보일 수 있어요. 하지만 자신의 곁에 있는 친구를 지키는 일이 새로운 친구를 사귀는 것보다 더 중요해요. 자신의 곁에 있는 이를 소중히 여길 때

우리는 누군가에게 소중한 존재가 될 수 있어요.

91 얼굴은 마음을 비추는 거울

자신의 마음을 얼굴에 그대로 내비치지 말아요

얼굴은 마음을 비추는 거울이래요. 그래서 나이가 들면서 자신의 얼굴에 책임을 져야 하나 봐요. 자신의 속마음을 그대로 얼굴에 드러내지 말아요. 자신의 감정을 잘 조절할 수 있을 때 우리는 어른이 될 수 있어요.

92 자신과 타인의 감정 거리 두기

자신의 감정을 타인에게 강요하지 마세요

상대방이 자신의 감정에 대해 공감하지 못할 때 우리는 상대방에 대해 실망을 하게 돼요. 하지만 자신도 세상 모든 사람을 공감할 순 없어요. 사랑하는 사람일지라도 상대의 모든 걸 공감할 수 없잖아요. 타인에 대한 지나친 기대감은 결국 내가 상처받는 일이 되요. 너무 많은 기대감으로 다른 사람을 향한 벽을 쌓아 올리는 일은 하지 말아요. 그 벽은 상대방뿐 아니라 내게도 쌓아지는 거예요.

93 예의 있는 사람

예의는 차리는 것이 아니라 지키는 것

예의라는 말은 어떤 격식을 차리는 일이 아니에요. 예의 있는 사람이 되려면 겉으로 보이는 것보다 속마음이 더 중요해요. 누구에게나 진심으로 대해 줘요. 예의는 겉모습이 아니라 마음에서 나오는 거예요. 상대방이 내게 예의 있는 걸 바라듯 상대방도 마찬가지예요. 가까운 사이일수록 더 예의가 필요해요.

94 어둠을 밝힐 작은 빛 한줄기

긴 새벽의 어둠을 깨우는 건
막 떠오른 태양 빛 한줄기면 충분해

실의에 빠져있는 사람에겐 한 줄기 빛이 절실해요. 태양이 떠오르기 전 새벽이 가장 어두운 것처럼 곧 태양이 떠오르겠지만, 작은 빛 하나를 나누어 줄 마음을 나누어요. 힘든 누군가에게 가장 필요한 건 태양이 아니라 작은 빛일지도 모르니까요. 때로는 아무 말 없이 따듯한 손을 내밀어 주세요. 큰 도움이 아니어도 괜찮아요. 상대방을 위하는 마음 하나만 있으면 돼요.

95 가깝거나 멀거나

가까워지거나 멀어지거나
왜 둘 중 하나를 선택해야 하나요?

사람들은 다른 이를 자신만의 기준으로 나눠요. 자신과 가까운 사람, 멀어지고 싶은 사람.

자신과 가까운 어떤 이에게는 충고를 멀어지고 싶은 사람에게는 무관심을 주더라구요. 충고나 무관심 말고 곁에서 응원해 줄 수는 없나요? 당신의 응원이 어떤 이에게는 큰 힘이 될 수 있어요. 가끔은 당신도 누군가의 응원이 필요한 것처럼요.

96 진심을 전해요

진심을 전할 땐 진심으로 들어줘요

진심이라는 말을 사용할 때 사람들은 호의적이에요. 억지로 누가 시키지 않아도 전해야 하는 진심이라면 거짓을 말할 필요가 없으니까요. 누군가 진심이야 하는 말을 한다면 그 말을 끝까지 들어줘요. 내가 진심으로 잘되길 바라는 누군가의 말을 진심으로 들어주면 좋은 친구 사이가 될 수 있을 거예요.

97 자신의 그림자 지키기

자신이 누군가에게 필요한 존재가 될 때
자신의 삶에서 자유로워질 수 있어요

세상에 그림자가 없는 사람은 없어요. 그림자는 빛이 없으면 생기지 않기 때문에 어떤 사물이나 사람에 속하지 않지만 그림자는 단 한 번도 내 곁을 떠나지 않아요. 자신의 곁을 늘 함께하는 그림자에게 가끔은 안부를 물어주고 그 그림자를 소중하게 여겨주세요. 그림자가 없다면 우리는 밝은 세상에 나갈 수 없어요.

98 타인의 생각 존중하기

자신과 다른 생각을 하는
누군가를 비난하려면
자신도 비난받을
용기가 있어야 한다

다른 사람의 입장에서 생각하는 건 어려울지도 몰라요. 제삼자의 입장에서도 마찬가지예요. 자신이 가지고 있는 신념과 생각을 바꾸기 어렵거든요. 옳고 그른 건 각자의 입장에서 결정지어지기 때문에 내가 옳다고 생각하는 일이 상대방에겐 틀린 일이 될 수도 있어요. 자신과 생각이 다른 누군가를 비난하는 일은 자신도 비난받을 수 있는 일이 될 거예요.

99 거절에 익숙해지기

거절에 익숙해지면
마음이 건강해져요

우리가 누군가의 마음을 다 알 수 없듯 상대방이 내 마음을 다 알 수는 없어요. 어떤 이에게 서운한 감정이 든다면 '네가 어떻게 나한테 그럴 수 있어?' 라는 질문을 하기 전에 먼저 나를 돌아봐요. 자신도 다른 이에게 상처를 주고 있을지도 모르니까요.

100 집착 버리기

어느 누구에게도 어느 일에도
과한 관심을 갖지 말아요

누구에게라도 적당한 관심을 보여주세요. 상대방이 불편할 정도의 과한 관심은 무관심보다 나쁘대요. 그건 어떤 상황에도 마찬가지예요. 어떤 일에 대한 집착은 자신을 스스로 가두게 된답니다. 가끔은 세상의 순리대로 놔두세요. 내가 쫓지 않아도 될 일은 순리대로 다 된답니다.

101 최선을 다한다는 건

사람들은 상대가 원하는 것이 아닌
자신이 원하는 걸 주고
최선을 다했다고 위안을 삼는다

상대가 원하는 걸 들여다볼 마음을 가지고 있나요? 사람들은 누군가 간절히 원하는 걸 들여다볼 생각은 하지 않고 자신이 원하는 걸 주곤 해요. 그러다가 가끔은 고마워하지 않는 상대방을 원망하기도 해요. 하지만, 그건 받는 사람이나 주는 사람 모두 부담스러운 일이에요. 상대방을 위해 최선을 다하는 일에 자신의 생각은 넣지 말아 주세요.

102 타인에 대해 확신을 갖지 말아요

사람들은 자기 자신에 대한 확신은 없지만
다른 이에 대해선 확신을 가진다

자기 자신에 대해 잘 알고 있는 사람이 있나요? 자기 자신에 대해서도 죽을 때까지 잘 알지 못하는 게 사람 마음이에요. 하지만 사람들은 타인에 대해선 말 몇 마디로도 잘 알고 있는 것처럼 착각하곤 해요. 자신뿐 아니라 자신의 가족, 친구라 할지라도 확신을 가지지 말아요. 타인에 대한 확신은 편견을 갖게 할 뿐이에요.

103 진실을 마주하는 일

진실을 마주하는 건 거짓을 말하는 것보다 더 가슴 뛰는 일이다. 어떤 이의 진실한 마음 같은 건 없을지도 모르겠다. 아니 사실은 어떤 이의 진실 된 마음을 알고자 하는 의지가 없는 것이 더 알맞은 표현 같다. 사람들에게 진실이라는 말은 곧잘 부정적인 의미로 쓰이곤 한다. 진실이라는 말의 사전적 의미는 거짓이 없는 사실인데 이는 단어의 의미만큼이나 사실적이다.

실제로 사람들은 자신의 내면 외면을 사실적으로 받아들이지 않는다. 사진을 찍을 때도 거울을 볼 때도 내 눈이 익숙한 대로 보이는 것이 사실이라고 믿는다.

거울 속의 내 모습은 타인이 나를 바라보는 것과는 다르다. 자신의 겉모습을 똑바로 보려면 거울보다는 사진으로 찍는 것이 바람직하다. 타인이 바라보는 내가 어쩌면 내가 생각하는 나보다 더 사실적일 테니까…. 사진이 실제와 똑같이 보인다는 건 자신의 내면의 모습과 외면의 모습이 일치하는 것만큼이나 흔치 않은 일이다.

진실이라는 것은 자신의 민낯을 보여주거나 맨살을 드러내는 것처럼 낯설다. 그래서 화장으로 자신의 민낯을 가리고는 그 모습을 자신이라 믿는다. 어떤 이가 진실은, 이라는 말을 할 때면 내가 알지도 못하는 자신의 민낯이 드러날까 가슴이 두근거린다. 상대의 결점은 잘도 들춰내면서 말이다. 때로는 나 자신을 타인의 시선으로 바라보는 연습이 필요하다.

아직 연습하는 중이에요

펴낸날 2021년 5월 25일

지은이 야해연
펴낸이 주계수 | **편집책임** 이슬기 | **꾸민이** 이슬기

펴낸곳 밥북 | **출판등록** 제 2014-000085 호
주소 서울시 마포구 양화로 59 화승리버스텔 303호
전화 02-6925-0370 | **팩스** 02-6925-0380
홈페이지 www.bobbook.co.kr | **이메일** bobbook@hanmail.net

ISBN 979-11-5858-772-7 (03810)